Martin Michael Burdelski

Aus dem Leben eines Transplantmediziners

Martin Michael Burdelski

Aus dem Leben eines Transplantmediziners

Impressum

Bibliografische Information der Deutschen Nationalbibliothek: Die Deutsche Nationalbibliothek verzeichnet diese Publikation in der Deutschen Nationalbibliografie; detaillierte bibliografische Daten sind im Internet über www.dnb.de abrufbar.

© 2015 Martin Michael Burdelski

Herstellung: BoD – Books on Demand, Norderstedt

Layout: Katharina Doering, Frankfurt M.

Umschlagfoto: Fotalia

ISBN: 9-783738-626735

Vorwort

Mit dem Titel dieser Aufzeichnungen möchte ich keine falschen Assoziationen wecken. Ich bin weder ein begnadeter Schriftsteller noch ein Romantiker, mein Bericht enthält auch keine romantischen Inhalte. Er stellt lediglich den Versuch dar, eine rasante Entwicklungsperiode der Medizin aus meiner Perspektive festzuhalten, in die ich fast zufällig involviert war. Meine Begegnung mit der Lebertransplantation ist vergleichbar mit dem Kennenlernen der Jugendliebe, die einen – und hier gibt es dann doch eine Parallele zu Joseph von Eichendorff – nicht mehr loslässt, selbst jetzt, nach mehr als 35 Jahren.

Der Anfang 1978

„Wir können Kindern eine neue Leber einpflanzen. Wer kann sich um sie kümmern?" Da niemand außer mir im Raum war, der auf diese Frage von Professor Brölsch hätte antworten können, blieb mir nichts anderes übrig, als dieser Aufforderung – und als solche war sie gemeint – zuzustimmen. Daraus wurde eine Aufgabe, die mein Leben und auch das meiner Familie bestimmt und entscheidend geprägt hat. Sie erwies sich als schwierig und beglückend zugleich. In der Zeit von 1978 bis heute, 2015, habe ich alles erlebt, Überleben und Sterben, Erfolg und schmerzliche Niederlagen, Freundschaften und Anfeindungen. Vor allem aber habe ich Kinder und Erwachsene in ihrem ganzen Spektrum von Eigenschaften, Eigenheiten, Wünschen und Vorstellungen kennengelernt. Dies nicht nur in Deutschland, sondern auch in allen Ländern, in die mich meine Tätigkeit geführt hat.

Als ich Jugendlicher war, reifte mein Wunsch, Mediziner zu werden, zu einem festen Entschluss. Einige Jahre später, während des Studiums in Bonn, der kleinen Stadt am Rhein mit der dort wie in meiner Heimatstadt Düsseldorf prägenden positiven Lebenseinstellung, reduzierte sich Medizin schon auf die Kinderheilkunde. Ich hatte in vielen Praktika erfahren müssen, dass die Innere Medizin, so wie ich sie dabei kennenlernen konnte, im Wesentlichen Geriatrie bedeutet, mit keiner erfreulichen langfristigen Prognose bei Alzheimer und anderen, mit dem Alter assoziierten Erkrankungen. Anders stellte sich die Pädiatrie dar. Sie erlaubte Kindern in den meisten Fällen einen guten Start ins Leben.

Die Aufgaben eines Kinderarztes haben mich geformt. Ich habe mich immer viel mehr als Kinderarzt denn als Spezialist mit Schmalspur-Denken und -Wissen empfunden. Ohne profunde Kenntnisse in der allgemeinen Pädiatrie hätte ich auch die Probleme und Komplikationen, die mit der Transplantation auf mich zukommen sollten, niemals in den Griff bekommen können.

Zu Beginn meiner Tätigkeit gab es wie in anderen Subdisziplinen der Kinderheilkunde wie Kinderneurologie, -Pulmonologie, - nephrologie, - kardiologie oder -onkologie auch in der -gastroenterologie positive und negative Erfahrungen mit akuten und chronischen Leiden. Hier hat mich vor allem die sogenannte extrahepatische Gallengangsatresie beschäftigt. Sie hat uns die Grenzen unseres Könnens zur damaligen Zeit unbarmherzig vor Augen geführt:

Bei der Geburt gesunde, proppere Neugeborene entwickelten innerhalb weniger Tage und Wochen nach ihrer Geburt eine Gelbsucht, bekamen einen unerträglichen Juckreiz, nach Wochen einen Trommelbauch, Leistenbrüche, einen grausamen Schwund der Muskulatur, sodass sie aussahen wie gelbe Biafra-Kinder. Sie hatten fragile Knochen, die aus nichtigem Anlass zerbrachen. Die Eltern und Geschwister hatten keine ungestörte Nachtruhe mehr, denn der Juckreiz quälte nicht nur die betroffenen Kinder, sondern auch die gesamte Familie. Dazu kam eine soziale Isolation. Man rückte auf dem Spielplatz von dieser Familie weg, weil es „ansteckend" sei. „Dass aber auch so kleine Kinder schon Alkohol bekommen."

Die Kinder wurden uns meist nach vielen Irrwegen im Alter von wenigen Monaten mit allen Zeichen einer Lebererkrankung im Endstadium vorgestellt. Es gibt keine andere Lebererkrankung, die innerhalb weniger Wochen zu einem so kompletten Leberumbau und dann zu einem chronischen Leberversagen führt, als diese Gallengangsatresie. Bei der Hepatitis B und C beim Erwachsenen oder bei den sogenannten nutritiv-toxischen Lebererkrankungen durch Alkohol oder der primär biliären Zirrhose dauert es zum Beispiel bis zu einem vergleichbaren Endstadium in der Regel Jahrzehnte.

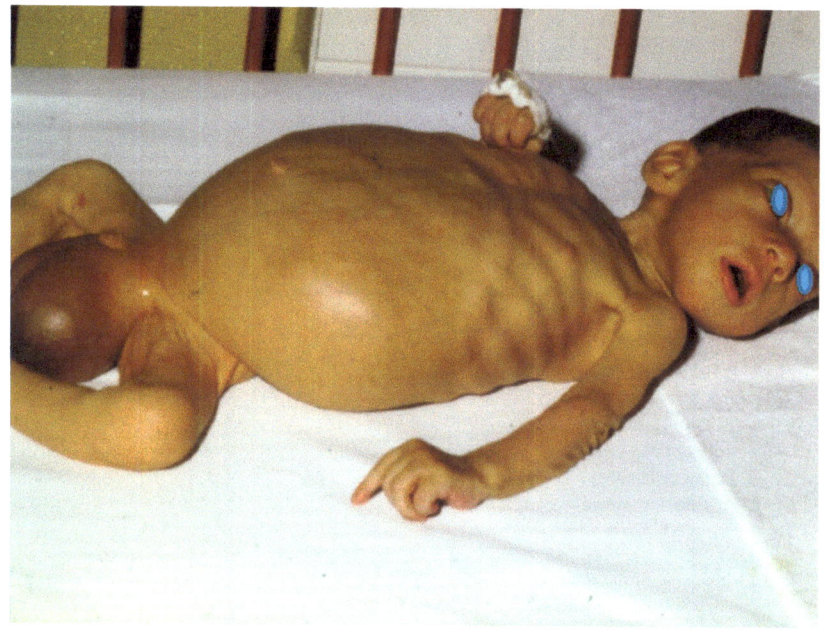

*Patient mit massivem Aszites (Bauchwasser), riesiger Milz und Leber, Leistenbruch, hochgedrängtem Zwerch-
fell, „rachitischem Rosenkranz" „Muscle wasting" bei einem Endstadium einer sekundär biliären Zirrhose*

Die betroffenen Kinder blickten uns mit großen Augen mit auffäl-
lig langen Wimpern an, wollten nichts essen, und nichts, aber auch gar
nichts konnten wir mit Medikamenten mehr ausrichten. Diese Kinder
starben qualvoll: Bluterbrechen durch geplatzte Krampfadern in der
Speiseröhre, schmerzhaft durch Bauchwasser aufgetriebener Bauch, sodass kaum noch Platz für die Lungen übrig blieb, und das mit einem
chronischen Leberversagen verbundene Koma, das man riechen konnte:
Es riecht nach einem verfaulten Apfel. Die Eltern, aber auch wir, Schwe-
stern und Ärzte, standen hilflos daneben und waren froh, dass die Quäle-
rei dann endlich einmal vorbei war.

Die „Hannover Schule" der Transplantchirurgen

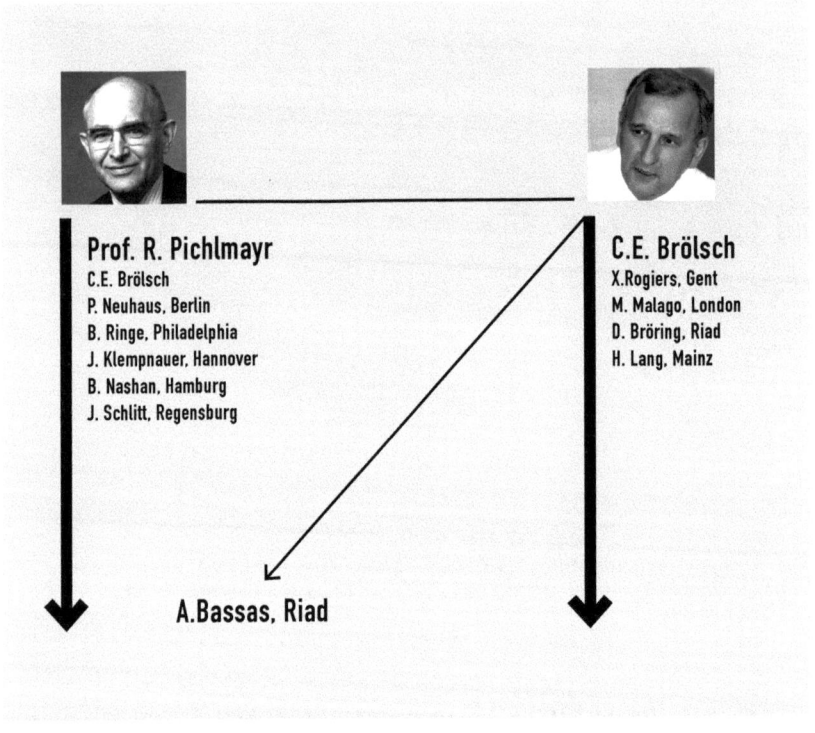

Prof. R. Pichlmayr
C.E. Brölsch
P. Neuhaus, Berlin
B. Ringe, Philadelphia
J. Klempnauer, Hannover
B. Nashan, Hamburg
J. Schlitt, Regensburg

C.E. Brölsch
X.Rogiers, Gent
M. Malago, London
D. Bröring, Riad
H. Lang, Mainz

A.Bassas, Riad

Die „Hannover Schule" der Transplantchirurgen

Auch wenn wir heute immer noch nicht die Ursachen dieser Erkrankung kennen, behandeln können wir die Erkrankung und auch die meisten anderen kindlichen Lebererkrankungen mithilfe der Lebertransplantation schon. Diese Behandlungsmöglichkeit stellt eine epochale Umkehr dar: Das Versagen der medikamentösen Therapie bei einer internistischen Erkrankung wird durch eine chirurgische Behandlung kompensiert.

Die „Hannover Schule" der Pädiatrischen Transplantmediziner

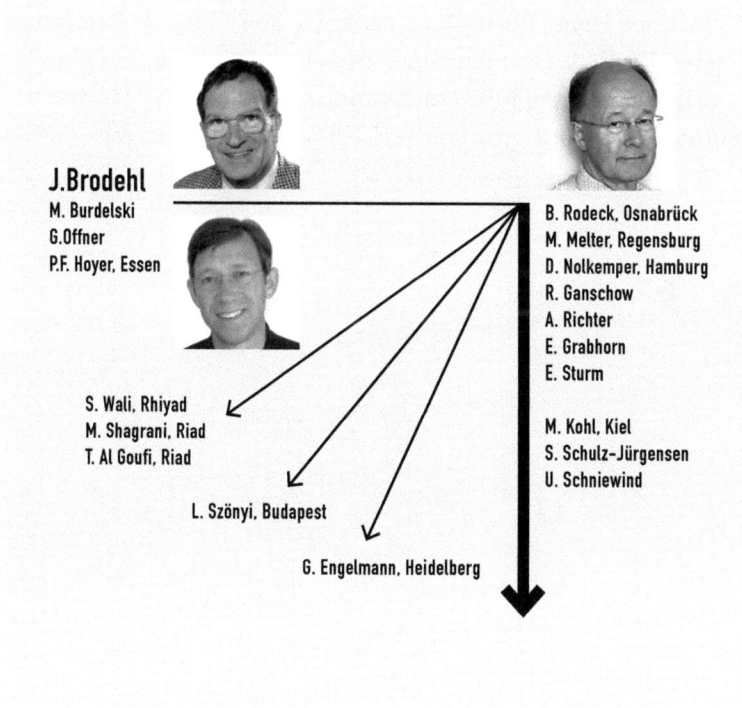

J.Brodehl
M. Burdelski
G.Offner
P.F. Hoyer, Essen

B. Rodeck, Osnabrück
M. Melter, Regensburg
D. Nolkemper, Hamburg
R. Ganschow
A. Richter
E. Grabhorn
E. Sturm

S. Wali, Rhiyad
M. Shagrani, Riad
T. Al Goufi, Riad

M. Kohl, Kiel
S. Schulz-Jürgensen
U. Schniewind

L. Szönyi, Budapest

G. Engelmann, Heidelberg

Die „Hannover Schule" der Pädiatrischen Transplantmediziner

Der Weg zu dieser Operation war in den Vereinigten Staaten erstmals aufgezeigt worden. Es waren dafür Ärzte gefordert, die bereit waren, über Grenzen oder das, was man damals als Grenze empfand, hinwegzugehen. Thomas Starzl, ein Amerikaner mit österreichischen Wurzeln, war der Erste, der den Mut zu solchen Schritten hatte. 1968 gelang ihm nach einigen zuvor erlittenen Fehlschlägen die erste erfolgreiche Lebertransplantation bei einem Kind. Es überlebte ein Jahr. In Europa griffen mutige Chirurgen diese Idee auf: Professor Rudolph Pichlmayr in Hannover, Professor Henri Bismuth in Paris, Sir Roy Calne in Cambridge. Allen diesen Pionieren war klar, dass die Lebertransplantation ohne ein großes Team von kooperativen und enthusiastischen Kollegen von vorneherein zum Scheitern verurteilt war. Ich wurde also Teil eines solchen Teams.

Die Zeit in Hannover

Blick auf Hannover mit der Marktkirche

1978 war es erstmals so weit. Wir hatten ein Kind mit dieser teuflischen Erkrankung Gallengangsatresie im Endstadium seiner chronischen Lebererkrankung auf der Station, als ein zweijähriges Mädchen nach einem tragischen Unfall als Spender gemeldet wurde. Alles war vorbereitet und abgesprochen: Chirurgisches Team, Anästhesie, Intensivstation, Blutbank, wir hatten grünes Licht von der Klinikleitung. Nach mehrstündiger Operation wurde die Patientin auf die Kinderintensivstation gebracht. Chirurgisch war also die Operation gelungen.

Die Immunsuppression allerdings war mit den damals zur Verfügung stehenden Medikamenten: Cortison® und Azathioprin® ein Problem. Beide Medikamente öffnen den Infektionen Tür und Tor. Nach sechs Wochen hatten wir schließlich den Kampf verloren. S. starb an einer nicht beherrschbaren Infektion.

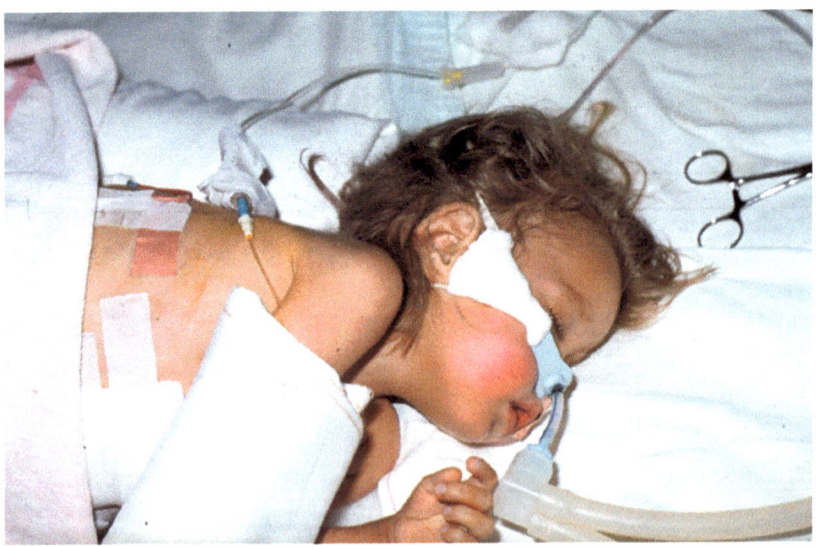

Die erste Patientin nach Lebertransplantation im Kindesalter registriert bei Eurotransplant

Das Team in Hannover

Prof. Brodehl · Prof. Burdelski · PD Dr. Rodeck · Prof. Melter
Fr. Dr. K. Schmidt · Dr. Schaub · Fr. Meike Franke als Brückenschwester

Der Vater, ein Schornsteinfeger, war durch die Erkrankung seines Kindes und die für sein Kind genommene berufliche Auszeit arbeitslos geworden. In einem Fußmarsch von Hameln nach München musste er auf sich aufmerksam machen, um wieder Arbeit zu finden.

Diese Lebertransplantation bei einem Kind war die erste, die in „Eurotransplant" registriert wurde. Allerdings nicht die erste bei einem Kind in Europa überhaupt. Eurotransplant ist eine Organisation, die ursprünglich in den Beneluxländern, Deutschland und Österreich dafür sorgte, dass Organspenden entsprechend den jeweiligen Vorschriften vorgenommen und verteilt wurden. Heute sind Kroatien, Slowenien und Ungarn ebenfalls angeschlossen.

Es wurde ein Moratorium vereinbart, um mögliche Fehler unsererseits aufzudecken und, wenn möglich, in Zukunft zu vermeiden. Dieses Moratorium dauerte zwei Jahre. In dieser Zeit reifte ein neues Immunsuppressivum heran und wurde uns zur Verfügung gestellt: Ciclosporin A®. Dieses Medikament, zufällig auf der Suche nach neuen Antibiotika in Norwegen entdeckt, sollte die Transplantation von Leber, Niere, später Herz und Lunge einen entscheidenden Schritt nach vorn bringen. Ciclosporin A® ist ein wesentlich potenteres Immunsuppressivum als Azathioprin®, mit dem großen Vorteil, dass es nicht zu Infektionen prädisponiert.

Angriffspunkte der Immunsuppressiva

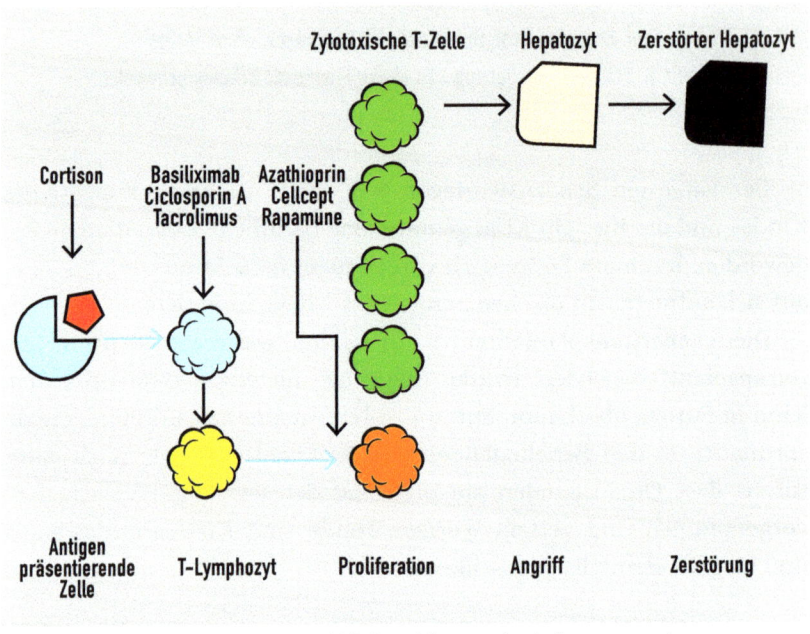

Ablauf der Aktivierung einer T-Zelle und Ansatzpunkte der Immunsuppressiva.

Da die T-Zellen auch in einer orchestrierten Aktion für die immunologische Abwehr zuständig sind, erklärt sich der Einfluss der Immunsuppressiva auf die Infektionsgefährdung der Patienten.

In diesem Zusammenhang muss einmal die Rolle der pharmazeutischen Industrie in der modernen Medizin, besonders in den Pionierzeiten der Transplantation, erwähnt werden. Ohne die Bereitschaft der einzelnen Pharmafirmen, mit uns zu kooperieren und uns neue, innovative Medikamente zur Verfügung zu stellen, wären wir insbesondere in der Transplantationsmedizin nicht da, wo wir heute sind. Es wären damals viele Patienten verstorben, die heute teilweise noch leben. Mit den heute von der EU etablierten Vorschriften und Einschränkungen wäre dieser so erzielte rasche Fortschritt nach meiner Einschätzung wohl kaum möglich gewesen.

Es zeichnete das damalige Team aus, zu jeder Zeit aus Fehlern oder Problemen zu lernen. Es wurden weitere Kinder transplantiert, die Infektionen wie bei unserem ersten Patienten waren jetzt unter der modifizierten Immunsuppression beherrschbar, die Kinder konnten die Klinik mit einer neuen Leber verlassen. Verluste waren lediglich bei Kindern mit bösartigen Lebertumoren zu verzeichnen, die unter der Immunsuppression regelrecht zu einem Rezidiv aufgefordert wurden. Auch das mussten wir lernen.

Trotzdem, die Ärzteschaft war längst noch nicht von der Transplantation überzeugt. Fast alle Eltern hatten sich nur durch eigene Initiative, meist gegen den Rat der behandelnden Ärzte, zu uns nach Hannover begeben. Einige Kollegen sprachen sogar davon, dass man sich versündige, wenn man eine Leber transplantiere. Eine fundierte Kenntnis lag aber bei keinem dieser Kollegen vor. Sie haben sich auch niemals bemüht, sich zu informieren, was diese Einstellung noch schlimmer machte.

Ein Beispiel für die Motivation, uns ein solches todkrankes Kind vorzustellen war Folgendes:

In einem Gespräch während meines Nachtdienstes nahm mich eine Großmutter beiseite und eröffnete mir, dass eine Marienerscheinung ihr den Weg zu uns gezeigt habe. Im Garten sei ihr Maria erschienen und habe eindeutig ihre Hand auf ihre Leber gelegt. Sie habe dies als Aufforderung verstanden, ihre Enkeltochter zu uns zur Transplantation zu bringen. Diese Großmutter war nun beileibe keine „Spökenkiekerin". Als ich mit einer weiteren Patientin zur Transplantation in den Operationssaal an ihr vorbeifuhr und die ihr Kind begleitende Mutter hemmungslos weinte, griff sie sich die Mutter: „...Geweint wird jetzt nicht. Wenn dein Kind im OP ist, kannst du dann weinen, soviel du willst..."

Damals musste man die durch diese Ärzte verunsicherten Eltern und Angehörige in langen Gesprächen aufklären: Ohne Transplantation waren die Überlebensaussichten der Kinder nicht nur lang- sondern sogar kurzfristig nahezu null. Mit der Transplantation waren es nach damaliger Erfahrung aber immerhin 30-50 Prozent. Ich weiß nicht, wer von uns bei einer solchen Alternative zum Tod eine Transplantation abgelehnt hätte.

Einige Probleme machte uns in dieser Zeit eine Abstoßungsreaktion nach der Transplantation, welche die Leber unbehandelt zerstört hätte. Sie trat fast bei jedem zweiten Kind auf und musste daher bei der Aufklärung erwähnt werden. Ein Vater, offensichtlich ein Fußballfan, erbleichte bei dem Wort Abstoßung. „Platzt dann der Bauch und fliegt die Leber weg?"

In der Anfangszeit war die Wartezeit auf ein Spenderorgan fast unerträglich. Bis ein von der Größe und Blutgruppe passendes Organ zur Verfügung stand, waren nicht selten Monate, manchmal sogar Jahre vergangen. Eine belgische Mutter hat sich aus Angst, den entscheidenden Telefonanruf zu verpassen, dass ein Organangebot vorliegt, ein halbes Jahr lang nicht getraut, ihr Zimmer zu verlassen. Wir haben dies erst später erfahren, als das Kind erfolgreich transplantiert war...

Diese Information hat uns betroffen gemacht. Wir haben daraufhin für die Eltern Pieper besorgt, um solche unwürdigen Situationen zu vermeiden. Mit diesen Geräten war man ungebunden, konnte das Haus ohne Skrupel verlassen. Mobiltelefone gab es damals ja noch nicht, sie kamen erst viele Jahre später auf den Markt. Die Pieper wurden von Selbsthilfegruppen der Eltern finanziert, die Klinik war dazu nicht in der Lage. Es wurden weiterhin Zimmer in unmittelbarer Nähe der Klinik für die Eltern bereitgestellt. Und, um die Liste zu vervollständigen, es wurde eine Schwester mit der Aufgabe betraut, sich um die Eltern auch außerhalb der Klinik zu kümmern. Heute nennt man dies Brückenschwester.

Eingang der Kinderklinik der MHH

Um die Probleme zu erläutern, die wir gewärtigen mussten, wenn einmal wir bei einem Kind auf unserer Intensivstation einen dissoziierten Hirntod feststellen mussten und mit dem Wunsch nach einer Organspende an die Eltern herantraten, haben wir das ganze Spektrum der möglichen Antworten erlebt. Ein Vater, der im dringenden Verdacht stand, sein Kind aus dem Fenster geworfen zu haben, meinte nach kurzer Überlegung: Nur, wenn ihr mir 10.000 DM dafür gebt." Eine Mutter schrie bei der Frage nach einer Organspende auf: „Habt ihr denn gar kein Herz?" Andere Eltern wiederum kamen spontan auf uns zu und fragten, ob ihr Kind nicht als Organspender infrage käme.

Dieses Vorgehen, als Teil des Transplantationsteams die Frage nach einer Organspende zu stellen, wurde dann im Rahmen des Transplantationsgesetzes geändert. Es durften nur noch nicht in die Transplantation involvierte Kollegen diese Aufgabe vornehmen.

Die lange Wartezeit haben viele Kinder nicht überlebt. Die Sterblichkeit auf der Warteliste war mit ca 30% viel zu hoch. Die für Kinder geeigneten Spenderorgane waren daher nicht mit Gold aufzuwiegen. Und dennoch. Eine Familie hat nach erfolgreicher Transplantation ihres Kindes die weitere Behandlung mit der Immunsuppression beendet, das Kind ist danach verstorben. Der Vater war Mediziner. Leider habe ich mit der Familie danach nicht mehr über ihre Beweggründe zu einem solchen Entschluss sprechen können.

Eine Familie aus Schweden, dar Vater über 70, die Mutter Mitte 30, brachten ihren knapp einjährigen Sohn zur Transplantation nach Hannover, da in Schweden eine Organspende zu dieser Zeit nicht erlaubt war. Die erfolgreiche Transplantation des Jungen veranlasste den Gesetzgeber in Schweden nach zahlreichen Zeitungsartikeln über diese Familie, ein Transplantationsgesetz mit der Möglichkeit einer Organspende nach dissoziiertem Hirntod zu erlauben.

Die inzwischen gewachsene Kenntnis der Chirurgen über die Struktur der Leber und damit über die Möglichkeiten, auch sie zu operieren, brachte sie zunächst dazu, die Leber nicht länger als ein „noli me tangere" anzusehen. Hunderte Leberresektionen bei Lebertumoren hatten sie Erfahrung sammeln lassen. Ein Erwachsener von etwa 75 kg hat eine Leber von ungefähr 1,5 kg. Ein leberkrankes Kind von etwa 8 kg hat aber nur Platz für eine Leber in der Größenordnung von 200 g. Um die für ein Kind passende Lebergröße zu erreichen, konnte man sie dementsprechend verkleinern und dem Kind einen Teil des linken Leberlappens oder den ganzen linken Leberlappen statt einer ganzen, damit für das Kind viel zu großen Leber zu transplantieren.

Der verbleibende Rest der Leber wurde nicht genutzt. Die Kollegen in Brüssel haben diese Form der Lebertransplantation besonders propagiert. Dieser Fortschritt aber barg bei der Organknappheit Konflikte in sich. Warum ein Kind und nicht ein Erwachsener? Als ich in einer Besprechung diesen Konflikt einmal ansprach und bat, die anstehende Transplantation bei einem Kind und nicht bei einem Erwachsenen mit einem bösartigen Lebertumor durchzuführen, blickte Professor Pichlmayr mich an und sagte nur : „Auch wenn die Überlebenschancen dieses Mannes auf lange Sicht gesehen schlecht sind, eröffnen wir ihm mit zwei geschenkten Jahren die Möglichkeit, sein Leben und das seiner Familie zu ordnen." Mir fehlten überzeugende Argumente gegen diese Überlegung.

Dieser ständige Konflikt führte aber dazu, erneut bisher als gesichert geltende Grenzen zu überwinden. 1988 wurden fast gleichzeitig in Hannover und in Paris die ersten sogenannten Split-Lebertransplantationen vorgenommen und publiziert. Professor Ringe und Professor Gubernatis waren unter der Leitung von Professor Pichlmayr an dieser Entwicklung maßgeblich beteiligt. Damit konnte eine Leber für einen Erwachsenen und ein Kind genutzt werden, aus einer Leber wurden zwei gemacht. Der Erwachsene bekam die größere, das Kind die kleinere Leberhälfte. Bis zur Vervollkommnung dieser Technik, die tatsächlich gleiche Chancen für den erwachsenen und kindlichen Empfänger bot, dauerte es allerdings noch einige Jahre. An dieser Entwicklung waren besonders die Chirurgen Professor Rogiers und Professor Malago in Hamburg unter der Leitung von Professor Brölsch beteiligt. Zuvor hatte Professor Brölsch noch in Chicago die erste große Serie von Split-Lebertransplantationen bekannt gegeben.

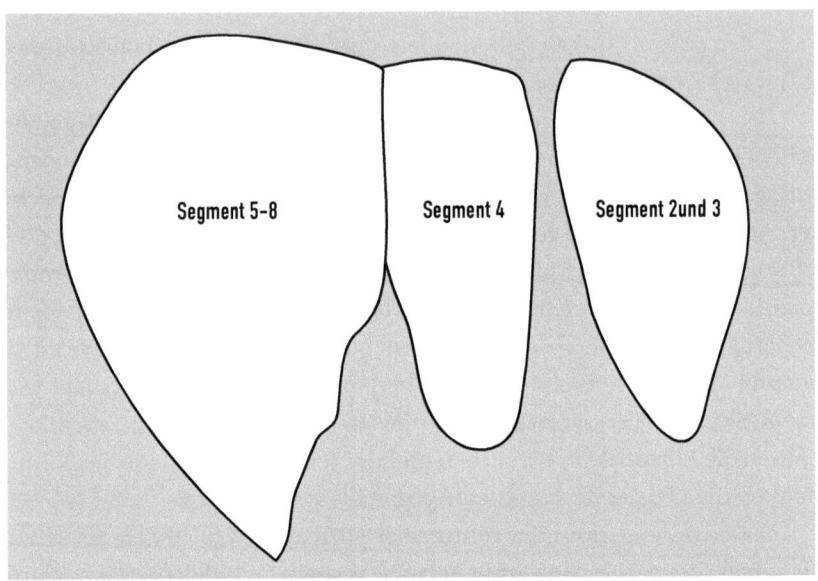

Die Lebersegmente, die für eine Transplantation infrage kommen. Rechts: Segment 2 und 3, Segment 4 in der Mitte, Segment 5,6,7 und 8 links. Für ein Kind bis zu einem Körpergewicht von etwa 20 kg reichen Segment 2 und 3, die Segmente 2,3 und 4 für einen Empfänger von bis zu 35 kg. Die Segmente 5,6,7 und 8 sind für größere Kinder und Erwachsene geeignet.

Ein zufälliges Treffen mit Angehörigen, deren Sohn nach einem Verkehrsunfall den dissoziierten Hirntod erlitt, hat mir die Problematik der Organspende bei den Hinterbliebenen aufgezeigt. Diese Eltern hatten ohne zu zögern einer Organspende zugestimmt, weil es mit ihrem Sohn so besprochen war. Der Vater war danach sogar acht Jahre als Laie in der Ständigen Kommission Organtransplantation bei der Bundesärztekammer beratend tätig. Nach dieser Zeit aber konnte er diese Aufgabe nicht mehr wahrnehmen, die ständige Auseinandersetzung mit der Organspende und damit auch mit dem Tod seines Sohnes, ging über seine Kräfte.

Eine Mutter, deren Sohn ebenfalls bei einem Verkehrsunfall verunglückt war, gab ihr Einverständnis zur Organspende. Sie wollte ihren Sohn nach der Organspende aber noch einmal sehen und entdeckte schlimme und nicht einfach zu entschuldigende Missstände. Daraufhin entwickelte sie aber mit großem Elan Aktivitäten in den Medien, untermauerte ihre auf diese schreckliche Erfahrung zurückzuführende Ablehnung der Organspende mit philosophisch-theologischen Überlegungen. Sie wollte um alles in der Welt fast missionarisch die Organspende verhindern. Eine weitere Mutter, deren Sohn von uns erfolgreich transplantiert war, herrschte sie auf einer Veranstaltung an, ob sie sich bei der Familie des Organspenders bedankt habe. Diese hat ruhig und den Tatsachen entsprechend geantwortet, dass die Regeln von Eurotransplant dies nicht zuließen. Später habe ich erfahren, dass der Junge Selbstmord verübt hat, weil er die zuvor erfolgte Trennung seiner Eltern nicht verwinden konnte. Diese traurigen Zusammenhänge erklären ihren Feldzug gegen die Organspende. In einer Talkshow spielte sie den als Experten geladenen Professor Neuhaus völlig an die Wand. Ich hatte das geahnt und ihm geraten, sie zu fragen, ob sie uns nicht bei einem Leberriss zu einer Lebertransplantation gezwungen hätte. Dieses Argument brachte sie schließlich zum Schweigen.

Eine weitere Mutter berichtete, dass ihre Familie sich von ihr losgesagt habe, nachdem sie die Einwilligung zur Organspende bei ihrem Kind nach einem Unfall gegeben hatte. Ist das menschlich oder nicht besser unmenschlich?

Diese Erfahrungen belegen, wie sehr die Fremdspender-Familien emotional belastet sind. Der Konflikt, wer erhält ein Organ auf der einen und die Entwicklung der chirurgischen Möglichkeiten auf der anderen Seite, machten die Zeit reif für einen weiteren Fortschritt. Die Leber-Lebendspende bot einen Ausweg aus diesem Dilemma. In Australien und Brasilien wurden die ersten Lebendspende-Transplantationen bei Kindern bekannt gegeben. Es waren spontane, aus der Not geborene Eingriffe. Bei der Leber-Lebendspende setzt man aber einen gesunden Menschen einem damals nur von den Leberresektionen her bekannten Risiko einer großen Operation aus. Es galt, das Risiko des Spenders gegen den Vorteil des Empfängers abzuwägen.

Ein ethisch fundiertes und abgesichertes und auf chirurgischen Fähigkeiten basierendes Programm, das insgesamt 20 Leber-Lebendspende-Transplantationen vorsah, wurde kurze Zeit später in Chicago von einem ehemaligen Hannoveraner Chirurgen, Professor Brölsch gestartet. Nach dieser Pioniertat ging er zurück nach Deutschland, um in Hamburg ein Lebertransplantations-Programm mit speziellem Schwerpunkt der Lebendspende für Kinder aufzubauen. Er bat mich, ihm dabei zu helfen.

Die Zeit in Hamburg

Blick auf das Hamburger Rathaus

Der Anfang in Hamburg war schwer. Die Transplantation dort war im Gegensatz zu Hannover kaum gepflegt, ein Transplantationsprogramm für Kinder existierte nicht. Die heute so hochmoderne Klinik gab es damals noch nicht. In der Kinderklinik wurden im Winter die noch aus den Anfängen der Kinderklinik stammenden Fenster zugenagelt. Ein Aufzug war nicht vorhanden. Eine Mutter meinte kopfschüttelnd, wir haben gerade zu Hause in Österreich für eine Klinik in Rumänien gesammelt. Wir hätten das Geld besser hierher geschickt. Als ich dann auch noch einem Zeitungsmenschen sagte, es herrschten baulich gesehen mittelalterliche Zustände in der Kinderklinik, und dieses Zitat dann auch prompt in der Zeitung stand, hätte mich dies beinahe meinen Kopf gekostet. Es war damals in Hamburg leichter, Geld für ein Museumsschiff zusammenzubekommen, als Geld für eine Kinderklinik bereitzustellen. Nach dieser Episode wurde aber die Bürgerschaft wachgerüttelt und der seit Jahren auf Eis liegende Umbau der Kinderklinik gestartet.

Einer Mutter haben diese altertümlichen Zustände nach einer Lebendspende für ihre Tochter andererseits das Leben gerettet. Weil ein Transportdienst wegen Unterbesetzung erst mit deutlicher Verspätung eintraf, um sie auf die Intensivstation zu bringen, konnte der Frau, die plötzlich akuten Hirndruck durch einen vorher nicht bekannten Hirntumor bekam, rechtzeitig noch im Operationssaal geholfen werden. Wäre die Komplikation auf dem Weg zur Intensivstation passiert, hätte die Frau nicht überlebt.

Eine Mutter haben wir nach einer Lebendspende leider verloren. Sie starb an einer fulminanten Lungenembolie. Sie hatte nicht angegeben, dass sie Antikonzeptiva nahm, rauchte und früher eine Thrombose in den Beinvenen hatte. Auf ihrem Übergewicht hatte sie bestanden und einen Diätplan abgelehnt. All dies sind Risikofaktoren für eine solche Embolie. Als Konsequenz aus diesem Drama wurden die Überprüfungen der Spender deutlich strenger gehandhabt. Ein dabei erkannter Risikofaktor war gleichbedeutend mit einem Ausschlussgrund für die Lebendspende. Weltweit sind inzwischen wohl mehr als 10.000 Leber-Lebendspenden bei Kindern durchgeführt worden. Die dabei berichteten tödlichen Komplikationen liegen in der Größenordnung von 1-3 Promille.

Das Team in Hamburg

Prof. Schulte · Prof. Ullrich · Prof Burdelski · Prof. Sturm · Prof Ganschow
Fr. Dr. Nolkemper · Fr. PD. Dr. Grabhorn · Fr. PD. Dr. Briem–Richter
als Brückenschwester Fr. Meike Franke

Die in Hamburg im Oktober 1991 durchgeführte Leber-Lebendspende-Transplantation bei einem Kind war die erste in Europa. Prof. Brölsch hat zahlreichen Kollegen in Europa und anderen Erdteilen geholfen, die Lebendspende-Transplantation zu etablieren.

Inzwischen kamen Kinder aus ganz Europa nach Hamburg. Eine Familie kam aus Bulgarien mit einem Artikel im Stern über Professor Brölsch in der Hand und bat uns, ihre Tochter zu transplantieren. Eine Versicherung bestand nicht, Das war bei Kindern aus Polen ebenfalls nicht der Fall. Bei dem polnischen Mädchen wurde ein Benefizkonzert von Frau Brölsch organisiert, das uns half, die Summe zumindest teilweise zu bestreiten. Bei dem bulgarischen Mädchen konnte die Bildzeitung durch eine großzügige, nicht nur einmalige Spende die Operation und sogar die weitere Betreuung ermöglichen.

Ein weiteres Kind aus dem damaligen Ostblock kam ebenfalls ohne eine die Kosten übernehmende Versicherung zu uns. Die Eltern hatten selbst bei der Fernsehshow von Frau Schreinemakers vorgesprochen, in der Absicht, um Spenden bitten zu können. Wir wurden tatsächlich in die Show eingeladen. Vor uns wurde Mia Farrow interviewt, danach ein Boxchampion, der am nächsten Wochenende um eine 10-Millionen-Gage boxen sollte. Das war unser Glück. Denn als ich sagte, wenn wir für einen das Hirn so schädigenden Sport so viel Geld ausgeben können, wäre es doch gelacht, wenn wir die vergleichsweise kleine Summe von 100.000 DM für unseren Patienten nicht zusammenbekommen könnten. Es kamen sogar mehr als 300.000 DM zusammen.

Kinder aus Ungarn stellten eine weitere Herausforderung dar. Da es sich nicht um Einzelfälle, sondern absehbar um eine große Anzahl handelte, war es erforderlich, einen Kollegen aus Ungarn ebenso wie einen Kollegen aus Bulgarien in die Betreuung einzubeziehen. In einem „Crashkurs" wurden ihnen die Geheimnisse der Betreuung der Kinder nach der Transplantation beigebracht. So konnten wir dann unbesorgt die Kinder weiterer Betreuung nach Ungarn und Bulgarien zur zurückschicken. Gab es dennoch Probleme, wurden sie telefonisch oder später per Internet geklärt. Die ungarischen Krankenkassen haben auf Veranlassung meines ungarischen Kollegen und Freundes Dr. Laszlo Szönyi mit der AOK in Deutschland vereinbart, dass die Kosten für eine Transplantation mit den Kosten verrechnet werden, die bei der Behandlung von Deutschen in Ungarn entstehen.

Hamburg ist eine spezielle Stadt. Zu viele Zeitungen und mit ihnen zu viele Journalisten warten nur darauf, dass ihnen jemand zum Fraß vor die Füße geworfen wird. Man sagt, „nur Highflyer werden abgeschossen".

Kollegen aus Brüssel, Birmingham und ich hatten eine Studie initiiert, die in 10 Lebertransplantationszentren in Europa prospektiv und randomisiert untersuchen sollte, ob Ciclosporin® oder das neue Tacrolimus® eine bessere Qualität der Immunsuppression ermöglichte. Für diese Studie waren pro Patient Gelder vereinbart worden, die zur Deckung der Kosten bei dieser Studie eingesetzt und als Entschädigung für die Arbeitszeit bei der sehr aufwendigen Dokumentation dienen sollten.

Eingang der Kinderklinik des UKE

Eines Tages zeigten mir Kollegen die neueste Ausgabe der Bildzeitung: Mit Foto von mir und der Überschrift: „Ist dieser Doktor bestechlich?" stand dort ein Artikel, der darüber hinaus die Bedeutung dieser Studie als „Quatsch" einstufte. Meine Frau traute sich tagelang nicht aus dem Haus, um nicht auf diesen Artikel angesprochen zu werden. Einige Tage später aber erschien im Lancet, einem hochrangigen englischen Medizinjournal, eine Veröffentlichung dieser Studie, für die es bisher nichts Vergleichbares gegeben hatte. Sie ergab einen signifikanten Vorteil für Tacrolimus®.

Ich musste einen Prozess anstrengen. Es wurde einer der wenigen, den die Bildzeitung verloren hat. Der zuständige Redakteur hat sich später bei mir entschuldigt, es seien junge Kollegen gewesen, die sich ohne sein Placet Sporen verdienen wollten. Ich hoffe, es hat der Karriere dieser Heißsporne geschadet.

In einem anderen Fall wurde mir vorgeworfen, unrechtmäßig Geld von einem Hersteller von Medizinprodukten in der Höhe von 4000 DM angenommen zu haben. Diese Firma war im Zusammenhang mit dem Herzklappenskandal durchleuchtet worden, mein Name stand auf der Liste der „gesponserten" Mediziner. Diese Summe hatte ich erhalten, um einen Kollegen aus den Vereinigten Staaten zu einer „Summerschool" für Pädiatrische Hepatologie der Europäischen Gesellschaft für Pädiatrische Gastroenterologie, Hepatologie und Ernährung als Fakultätsmitglied nach Deutschland, genauer in die Lüneburger Heide, kommen zu lassen.

Dieser Kollege war ein in der ganzen Welt bekannter und geachteter Hepatologe. Es standen also eines Tages drei Herren in Regenmänteln an der Pforte der Kinderklinik und wollten mich sprechen. Da ich gerade mitten in einer Visite war, bat ich darum, mir eine halbe Stunde Zeit zu lassen. Die Herren seien aber von der Staatsanwaltschaft...Es kam zu einem Verfahren, das schließlich, als ich alle Belege zu meiner Entlastung vorgelegt hatte, wegen Geringfügigkeit eingestellt wurde. Das bedeutete aber, dass ich die Anwaltskosten selber tragen musste. Bei einem Freispruch hätte die Staatskasse bezahlen müssen. Übrigens, keiner meiner an diesen Veranstaltungen beteiligten ausländischen Kollegen ist jemals von der Staatsanwaltschaft angegangen worden.

Der Eingriff der Juristen in unsere Tätigkeit ist auch im Alltag inzwischen nicht mehr zu übersehen. Ein Vater, aus dem Ausland kommend, brachte seinen achtjährigen Sohn mit komplexer Erkrankung zur Lebertransplantation nach Hamburg. Dieser Junge war als Kleinkind an einem bösartigen Lebertumor erkrankt, der mehrere Operationen, Chemotherapie und Bestrahlung erforderlich machte. Er hat das zwar überlebt, um den Preis aber, dass seine Gallengänge zerstört wurden. Dies hatte zu einer kompletten Vernarbung der Leber, verursacht durch den entstandenen Gallenstau, geführt. Dieser Junge war mit dieser Vorbehandlung – mehrfache Operationen, dazu Chemotherapie und Bestrahlung – ein Hochrisikopatient für eine Lebertransplantation. Entsprechend musste ich den Vater aufklären. Die Grundlage für diese Aufklärung stellte ein Aufklärungsbogen dar, der alle Forderungen der Juristen über Risiken, deren Größenordnung und deren Folgen sowie den Passus beinhaltete, was passiert, wenn ich diesen Schritt nicht gehe. Der Vater blickte mich nach meinen Ausführungen an und fragte nur: „Soll ich dieses Todesurteil für meinen Sohn unterschreiben?" Auf diesen Patienten werde ich später noch einmal zurückkommen.

Das Vertrauensverhältnis zwischen Arzt und Patient ist heute anders, als es zu Beginn meiner Tätigkeit war. „Machen Sie, was Sie für richtig und notwendig halten". Dieser früher oft gefallene Satz oder vielmehr diese Einstellung ist heute nicht mehr angesagt. Wir sind zu einer umfassenden, manchmal mehr als eine Stunde dauernden Aufklärung verpflichtet. Wir wissen aber heute von Studien der Onkologen, dass von einer halbstündigen Aufklärung im Zweifel lediglich der erste und vielleicht der letzte Satz von den Patienten oder Angehörigen erinnert werden. Aus Furcht vor juristischen Konsequenzen versetzen wir trotzdem, oft ohne es zu merken, Patienten oder Angehörige in Not und Angst. Der Satz: "Der Patient hat eine detaillierte Aufklärung abgelehnt",… exkulpiert einen Doktor vor Gericht heute nicht unbedingt.

Früh in der Hannoveraner Zeit mussten wir unter dramatischen Umständen ein Frühgeborenes von 800 g aus der Frauenklinik in die Kinderklink bringen. 800 g bedeuteten damals, 1974, eigentlich den sicheren Tod. Das Kind überlebte aber, erlitt mehrere Sepsisepisoden, musste mit einer Spezialsonde künstlich ernährt werden, da Trinken nicht möglich war. Mehrfach habe ich mit den Eltern darüber ausführlich gesprochen, dass nach diesen schweren Infektionen und der nur schleppend einsetzenden Gewichtszunahme und der schweren Beeinträchtigung der Lungenfunktion ein Abbruch der Behandlung gerechtfertigt sei, wenn zum Beispiel eine erneute Infektion das Leben des Kindes gefährdete. Sie lehnten dies entschieden ab.

Das Kind wurde mit etwas mehr als einem halben Jahr mit noch schwerer Einschränkung der Lungenfunktion mit Sauerstoff nach Hause entlassen. Zehn Jahre später erhielt ich eine Einladung zum zehnten Geburtstag dieses Kindes. Alle damals beteiligten Kollegen waren ebenfalls eingeladen. Wir fanden ein breitschultriges, kompaktes Mädchen vor, Regionalmeisterin ihrer Altersgruppe im Brustschwimmen. Ihr war diese Geburtstagsfeier sichtlich peinlich. Beim Abschied fragte ich die Eltern, ob sie sich an die Diskussionen erinnerten, die wir über einen möglichen Abbruch der Behandlung geführt hatten. „Sie haben mit uns darüber nie gesprochen"...

Am deutlichsten, um nicht zu sagen schlimmsten ist das Diktat der Juristen aber bei der neuen sogenannten Allokationsordnung. Im Bestreben, die Verteilung der Organe transparent und vor allem objektiv zu machen, hat man ein Punktesystem (MELD-Score, Medizinisches Endstadium einer Lebererkrankung) aus den USA importiert, ohne zu berücksichtigen, dass dort andere Bedingungen herrschen. In diesem Punktesystem erhält der Patient je nach Schwere seiner Erkrankung bis maximal 40 Punkte. Eine Punktzahl unter 10 ist mit einer Mortalität in den nächsten 3 Monaten von bis zu 1,9%, eine von 10 – 19

Punkten mit einer Mortalität von bis zu 6% und so weiter bis zu 40 Punkten, die eine Mortalität von über 71,3% aufweisen, verbunden. Man hat dabei übersehen, dass in den USA deutlich mehr Organe angeboten werden als bei uns. So werden dort bei MELD-Score Punkten von mehr als 30 bereits kaum noch Organe vergeben, weil die Prognose dieser Patienten nach der Transplantation zu schlecht ist. In Eurotransplant erhält ein Empfänger in der Regel aber erst bei einer Punktzahl über 30 ein Organ, bei häufigen Blutgruppen oft erst bei 40 Punkten! Die Mortalität auf der Warteliste wird dadurch zwar gesenkt, aber mit einer hohen Mortalitätsrate nach der Transplantation erkauft. Die zusätzlich zu beobachtende deutliche Abnahme der Organspendebereitschaft in Deutschland erfordert unter diesen Bedingungen aktive Gegenmaßnahmen: bessere Aufklärung über die Organspende in der Bevölkerung, Einsatz von Transplantationsbeauftragten in den Kliniken, wie es mit großem Erfolg in Spanien praktiziert wird, und den vermehrten Einsatz der Lebendspende auch bei Erwachsenen. Vielleicht erinnert man sich in der zuständigen Kommission daran, dass bei der Allokation eines Organs laut Transplantationsgesetz ausdrücklich die Chancen, die Transplantation zu überleben, berücksichtigt werden müssen.

Nur weil wir alle Techniken der Transplantation in Hamburg vorgehalten haben, konnten wir die Verluste auf der Warteliste für Kinder von den anfangs berichteten 30% auf praktisch null reduzieren. Nur Kinder, die viel zu spät und praktisch nicht mehr transplantabel zu uns kamen, konnten wir nicht mehr retten. „Alle Techniken" bedeutet, neben der Lebendspende auch die Transplantation eines ganzen, eines größenreduzierten und eines „gesplitteten", das heißt geteilten Organs vorzunehmen.

Die Transplantationstechniken in Hamburg und Riad

	Hamburg: (in 16 Jahren)	Riad: (in 3 Jahren)
Split-Leber:	n: 199	n: 2
Lebendspende:	n: 161	n: 107
Vollorgan:	n: 81	n: 6
Reduziert	n: 56	n: 0

Tab. 1: Vergleich der Transplantationstechniken in Hamburg und Riad: In Riad fast ausschließlich Lebendspenden

Trotzdem war die Wartezeit für die Betroffenen oft unerträglich. Eine alleinerziehende Mutter ist von München mit ihrem immer kränker werdenden Kind allein viermal nach Hamburg geflogen, weil ein Organangebot vorlag, das aber letztlich wegen schlechter Qualität abgelehnt werden musste. Dies hängt mit dem engen Zeitfenster, in dem die Transplantation durchgeführt werden muss und der oft langen Anreise zusammen. Man muss den Empfänger schon aktivieren und auf die Reise schicken, bevor das Organ endgültig beurteilt werden kann. Denn 12 Stunden nach Entnahme sollte das Organ spätestens transplantiert sein, um Schäden an den Gefäßen, den Gallengängen und eine primäre Nichtfunktion des Transplantates zu vermeiden. Die Logistik einer Transplantation ist nicht nur komplex und schwierig, sondern für alle Beteiligten vor allem nervenaufreibend. Erst beim fünften Mal hat bei der Tochter dieser Mutter alles gepasst. Ich habe erst viel später erfahren, dass sie unter dieser extremen Belastung beinahe suizidal geworden wäre. Eine Lebendspende konnten wir in diesem Fall nicht vornehmen, da bei den Voruntersuchungen eine nicht zur Transplantation geeignete Leber entdeckt wurde.

Eine Kooperation in den Hamburger Zeiten verdient besondere Erwähnung. Mit Professor Helmke aus der Kinderradiologie hatten wir eine Unterstützung unserer Arbeit, die bemerkenswert ist. Egal zu welcher Tages- oder Nachtzeit, im Operationssaal oder auf der Station, er war immer für uns da. Es ist keine Übertreibung, wenn ich heute sage, dass diese Kooperation wesentlich dazu beigetragen hat, dass unsere Ergebnisse im internationalen Vergleich hervorragend wurden. Durch seine während der Transplantation vorgenommenen Doppler-Ultraschall-Untersuchungen der transplantierten Leber haben wir zahlreiche Transplantate gerettet, weil der Doppler-Ultraschall bei einem ansonsten für den Operateur gut aussehenden Transplantat Probleme an den Gefäßen entdecken kann, die ein sofortiges, also noch in dieser Operation vorzunehmendes Eingreifen erforderlich machen. Auch nach der Transplantation haben wir durch ihn rechtzeitig Komplikationen entdeckt und durch innovative Technik Gefäße und Gallengänge reparieren können.

Unser Hamburger Lebertransplantationsprogramm für Kinder hatte sich im Laufe der Zeit zum größten in Deutschland entwickelt. Auch nach dem Weggang von Professor Brölsch nach Essen ging das Programm unter Professor Rogiers und schließlich Professor Bröring unverändert weiter. Bei etwa 40-50 kindlichen Transplantationen im Jahr stellte dies hohe Anforderungen an die Qualität unserer Arbeit. Die geleistete Qualität lässt sich daran ermessen, dass wir über eine Serie von über 200 Kindern ohne Krankenhaus-Mortalität berichten konnten. Die ursprünglich für viel weniger Transplantationen berechnete Ausstattung mit Personal wurde aber systematisch reduziert mit der Begründung, dass gespart werden müsse. Nach mehr als 500 Kinder-Lebertransplantationen blieben mir eine halbe Assistentenstelle und eine Schwesternstelle für den Ambulanzbetrieb. Das Risiko, Fehler zu machen war damit vorprogrammiert. Mein Gang zum Ärztlichen Direktor endete nach meiner Bitte um mehr Personal mit dem Kommentar: „Krempeln Sie doch endlich mal die Ärmel hoch." Meine Antwort war: „Wenn ich nicht 16 Jahre mit aufgekrempelten Ärmeln hier gearbeitet hätte, wäre die Transplantation in Hamburg nicht das, was sie heute darstellt." Am selben Tag antwortete mein Klinikchef in der Kinderklinik auf die Bitte nach mehr Personal, andernfalls müsse ich gehen, lakonisch: „Gehen Sie ruhig, das wuppe ich schon." Drei Tage später habe ich als Antwort meine Kündigung auf den Tisch dieser Herren gelegt.

Nach dieser Kündigung wurde ich zum Ärztlichen Direktor zitiert. Ich machte ihm klar, dass mein Entschluss, Hamburg zu verlassen, unumstößlich war. Als Antwort erhielt ich einige Tage später von ihm einen Brief, in dem mir unter Berufung auf das Hamburger Beamtengesetz jede Tätigkeit an einer anderen Universitätsklinik untersagt wurde. Ich konnte mithilfe meines Anwalts nachweisen, dass der entsprechende Satz im Hamburger Beamtengesetz von ihm unvollständig zitiert war. Es war mir lediglich untersagt, eine Konkurrenz zur Universitätsklinik in Hamburg in deren unmittelbarer Umgebung zu starten.

Mein Abschied von Hamburg war dennoch bewegend. Ein Teil meiner Mitarbeiter, allen voran meine Brückenschwester Meike Franke, hat mit unendlich viel Aufwand ein dreibändiges Album mit Briefen, Zeichnungen und Danksagungen fast aller in Hamburg transplantierten Kinder hergestellt und mir als Abschiedsgeschenk überreicht.

Der Rest meines Teams war offensichtlich bemüht, wie im klassischen Fall von Mobbing vorzugehen. In Publikationen wurde meine Position als senior author eigenmächtig geändert, sogar Kollegen und Eltern wurden gegen mich aufgebracht. Der Satz, "das wuppe ich schon" war wohl bereits Teil dieses Mobbings.

Dieses von Schwester Meike Franke gefertigte Abschiedsgeschenk hat mich mit Hamburg ein wenig versöhnt. Nach dem Tod meiner Frau hielt mich dann nichts mehr in Hamburg.

Die Zeit in Kiel

Die Altstadt von Kiel mit dem Turm der Nikolai-Kirche

Das Kieler Team. Von links nach rechts: Sr. Ute, Sr. Gabriele, Prof. Burdelski, Frau Dr. Kohl, Frau Dr. Schniewind, Dr. Schulz-Jürgensen, Sr. Sabine, Sr. Meike und Frau Schüder-Kruse

Es war eine Erfahrung aus langjähriger Tätigkeit in den akademischen Gremien, bei der Unberechenbarkeit dieser Institution, immer zwei Optionen vorzuhalten, was die eigene berufliche Position betraf. Eine solche zweite Option nach meiner Kündigung in Hamburg war ein Angebot aus Kiel, dort zusammen mit Professor Bröring, mit dem ich, wie schon erwähnt, in Hamburg eine für die Kinder sehr fruchtbare Zusammenarbeit gepflegt und Freundschaft geschlossen hatte, noch einmal ein Kinder-Transplantationsprogramm aus der Taufe zu heben. Zusätzlich haben mir die Universitätskliniken von Hannover, Heidelberg, München und Düsseldorf eine Stelle angeboten. Als Rheinländer habe ich mich immer weiter nach

Norden vorgearbeitet. Erst Hannover, dann Hamburg und jetzt Kiel. Dabei war es eigentlich mein Wunsch gewesen, in einer Region zu arbeiten, in der ein guter Wein wächst. Dieser Wunsch ist nicht in Erfüllung gegangen. Ich habe mich damit getröstet, dass es im Norden gute Weinkeller gibt.

Das Team in Kiel

Prof. Schrappe
Prof. Burdelski · Fr. Dr. Kohl · Dr. Schulz-Jürgensen · Fr. Dr. Schniewind als Brückenschwester Fr. Meike Franke

Auch in Kiel haben wir Kinder transplantieren können, nicht mehr so viel, wie in den besten Zeiten in Hamburg, aber immerhin. Die Überlebensrate der von uns transplantierten Kinder war von den berichteten ursprünglich 50% auf mittlerweile 95% für das erste Jahr nach Transplantation angestiegen. Dank der guten Teamarbeit auch in Kiel konnten wir diese Qualität beibehalten. Der Schwerpunkt der wissenschaftlichen Arbeit verlagerte sich aber, nachdem dieses erste Ziel, das kurzfristige Überleben zu optimieren, erreicht war, dementsprechend auf die Langzeitergebnisse. Die Arbeit in Kiel hat nach den menschlich negativen Erfahrungen in Hamburg wieder Spaß gemacht. Prof. Schrappe – natürlich ein Hannoveraner – hat in der gut funktionierenden Klinik für eine wohltuende Atmosphäre gesorgt.

Da mir der Zugang zu den Hamburger Patientendaten versagt war, habe ich mir mit Fragebögen an die Familien einen Überblick über die Qualität der Rehabilitation nach Lebertransplantation im Langzeitverlauf verschaffen können. Meinen Hamburger Kollegen wurde es untersagt, an Konferenzen und Tagungen in Kiel teilzunehmen.

Die Ergebnisse der Fragebogenaktion wurden dann in Chicago auf einem Kongress aus Anlass des 20. Jahrestages der ersten Leber-Lebendspende-Transplantation bei einem Kind vorgetragen: So konnten wir unter anderem berichten, dass die Patienten eine gute mentale und physische Qualität angaben. Einschränkungen der Nierenfunktion, die bei den in den USA üblichen hohen Dosen der Immunsuppressiva häufig sind, waren bei uns nur dann zu beobachten, wenn eine Vorschädigung der Niere bereits vor der Transplantation vorlag. Die sonstigen Komplikationen wie Sepsis, Darmverschluss, Bluthochdruck und Pfortaderhochdruck blieben im Bereich unter 10%. Lediglich die Non-Compliance machte uns mit 8% große Sorgen, da sie ein erhebliches Risiko einer späteren chronischen Abstoßung darstellt.

Es waren daher nicht nur die kurzfristigen Ergebnisse, sondern vor allem die Langzeitergebnisse, die mich letztlich darin bestärkten, den richtigen Weg mit der Lebertransplantation bei Kindern zu gehen. Natürlich blieben uns auch in Kiel Schicksalsschläge nicht erspart. Bei zwei Elternteilen, die wir aus verschiedenen Gründen von der Lebendspende ausgeschlossen hatten, wurden einige Zeit später Coloncarcinome festgestellt. Die Transplantation mit diesen Lebersegmenten der Eltern hätten eine Katastrophe bedeutet.

Soeben hat mich eine traurige Nachricht von einem in Kiel transplantierten Kind erreicht. Dieses Kind litt an einem sogenannten Alagille-Syndrom. Bei dieser Erkrankung fehlt ein Differenzierungsprotein, das für die Feinstrukturierung aller Organe benötigt wird. Dadurch war neben einer schweren Lebererkrankung auch das Herz mit einer schweren Fehlbildung betroffen. Eine Herzoperation war wegen der Lebererkrankung nicht möglich. Wir haben versucht, durch eine Leber-Lebendspende die Leber in den Stand zu versetzen, die Herzoperation zu überstehen. Nach vier Jahren, die es glücklich in der Familie verbringen durfte, ist dieses Kind dann an den Folgen der Herzoperation verstorben. Die Familie hat sich für diese vier geschenkten Jahre bei mir bedankt. Die Kardiologen haben der Familie Vorhaltungen gemacht, die Lebertransplantation war in ihren Augen nicht zu verantworten. In diesem Zusammenhang fällt mir die Antwort von Professor Pichlmayr wieder ein. In dieser Zeit konnte die Familie das Glück eines Kindes und das Kind das Glück einer Familie genießen. So wie diese Familie das Leben und den Tod ihres Kindes erfahren hat, war die Entscheidung zur Transplantation sehr wohl zu verantworten.

Ein weiterer kritischer Punkt in der alltäglichen Arbeit ist die Zusammenarbeit mit dem Medizinischen Dienst. Er prüft, ob ein Patient nach den Vorschriften zu früh oder zu spät entlassen wurde, was zu einer entsprechenden, meist pekuniären Strafmaßnahme führt. So mussten wir eine Leber-Lebendspende bei einer Mutter abbrechen, weil deren Leber trotz vorausgegangener Biopsie, die einen Normalbefund gezeigt hatte, nicht für eine langfristige unbeeinträchtigte Funktion im Empfänger geeignet war. Die Mutter lag auf der Intensivstation, der Vater war im Ausland. Nach Meinung des Medizinischen Dienstes hätte ich den Jungen am Tag der Operation der Mutter entlassen müssen. In wessen Obhut? Ich habe kein Verständnis für diese Entscheidung der Kollegin gezeigt, wäre sie vor mir gestanden, wäre ich womöglich handgreiflich geworden.

So weit ist es mit der Medizin bei uns gekommen, dass nicht mehr auf den Menschen, sondern nur noch auf das Geld geachtet wird.

Der Aufgang zur Kinderklinik des UKSH in Kiel vom Schwanenweg aus gesehen

Die Interessen eines Investors wiegen schwerer als die eines Patienten. Es werden oft nur noch Programme gewünscht, die viel Geld einbringen. Damit werden sogar oft unnötige Operationen oder Behandlungen forciert. Weniger attraktive Fächer werden „ausgesourct". Im Pflegebereich werden nach dem Rasenmäherprinzip Stellen gekürzt, ohne auf die Funktionsfähigkeit einer Station zu achten. Im ärztlichen Bereich ist es ähnlich. Unter diesen Voraussetzungen weiter zu arbeiten, fiel mir schwer.

Nach 40 Jahren universitärer Pädiatrie habe ich dann in Kiel meinen Abschied gegeben. Mit ausschlaggebend dafür war zusätzlich eine Entscheidung des Senats, Professor Bröring nicht auf die seit Langem vakante und von ihm kommissarisch geleitete Abdominal- und Transplantationschirurgie zu berufen. Ein Kollege hielt eine „Philippika" gegen eine „Hausberufung". Ohne sich aber offensichtlich darüber im Klaren zu sein, was Hausberufung eigentlich bedeutet. Am schlimmsten jedoch wiegt in diesem Zusammenhang die Tatsache, dass dieser Kollege selbst durch eine Hausberufung auf seinen Lehrstuhl gekommen ist...

Zusätzlich fürchteten wohl einige Kollegen, dass ein starker Mann in der Abdominalchirurgie ihrer Bedeutung im Kollegium und vor allem bei den Patienten abträglich sein könnte. Ich habe dies das „Diktat der Mittelmäßigkeit" genannt. Dieses Diktat ist aber nicht nur in Kiel, sondern fast überall in der deutschen Universitätsmedizin anzutreffen. Meine Meinung habe ich dem Universitätspräsidenten, dem zuständigen Minister und dem Dekan brieflich mitgeteilt. Lediglich vom Dekan erhielt ich eine allerdings nichtssagende, zwei Seiten lange Antwort, die völlig an den von mir aufgeführten Problemen vorbeiging. Ungenügend, Thema verfehlt, hätte mein Deutschlehrer früher gesagt.

Die Zeit in Riad

Blick auf Riad mit dem Kingdom Tower (mit Genehmigung der Helen Ziegler & Associates Inc)

Professor Bröring ist nach dieser Entscheidung in Kiel zum King Faisal Specialist Hospital and Research Centre in Riad als Chairman of Surgery berufen worden. Als er mich dann fragte, ob ich ihm beim für mich nun vierten Aufbau eines Kinder-Lebertransplantationsprogramms – nach Hannover, Hamburg, Kiel – helfen würde, habe ich zugesagt, zumal ich die Verhältnisse von zahlreichen Aufenthalten in dieser Stadt her kannte. Trotzdem, hier zu leben und nicht nur für einige Tage da zu sein, macht einen erheblichen Unterschied. Die Entscheidung, in einem Compound fast außerhalb der Stadt mit mittlerweile 5,7 Mio Einwohnern zu leben, setzt voraus, dass man sich traut, sich in den morgendlichen und abendlichen Wahnsinnsverkehr zu begeben. Drei Spuren, 6 Fahrzeugreihen, Missachtung der Ampeln, extreme Überholvorgänge und Linksabbieger von der äußersten rechten Spur, all das war schon eine Herausforderung. Diese Fahrweise spiegelt ein wenig den Charakter der Menschen hier wieder: in jedem Moment für sich den größten Vorteil zu suchen.

Das Team in Riad

**Prof. Burdelski · Dr. Shagrani · Dr. Goufi · Dr. Khan
als Brückenschwester Fr. Jodi Bingley · Jessica · Wael**

Eine Besonderheit in Saudi-Arabien im Vergleich zu Europa ist die Tatsache, daß mehr als 90% aller Lebertransplantationen bei Kindern durch Lebendspende ermöglicht werden. Die Qualität der Fremdspenden ist allerdings auch so schlecht, dass die Lebendspende einfach die sicherere Form der Transplantation darstellt.

Das gesamte Team in Riad: Vordere Reihe: von links nach rechts: Rania, Transplant-Koordinatorin, Doris, Head Nurse der Station A2, Prof. Burdelski, Dr. Khan, Koordinatorin Dagmar, Social Nurse NN. Hintere Reihe von links nach rechts: Case manager Ali und Mohammed, Prof. Bröring, Dr. Shagrani, Dr. Goufi, Koordinator Wael

Die Klinik arbeitet nach amerikanischem Vorbild mit einem Consultant System. Das Problem dabei ist, dass anders als in den Vereinigten Staaten die saudi-arabische Variante gepflegt wird: Es gibt keine Kultur der Kommunikation. Hat jemand den Status eines Consultant erreicht, ist er König und lässt sich von niemand mehr etwas sagen.

Eine Bitte nach Konsultation bei einem kranken Kind zum Beispiel mit einer Infektion wird schriftlich ohne persönliche Kontaktaufnahme und meist ohne den Patienten anzuschauen erledigt, man schickt oft nur einen jungen Resident. Als ich einen Infektiologen wegen eines Kindes ohne jede Symptome, aber einem positiven Nachweis von Influenzaviren vom Typ H1N1 im Rachenabstrich um seinen Rat bat, verordnete er ohne Rücksprache Tamiflu für 14 Tage. Als ich ihn fragte, ob er eine schlüssige Studie nennen könne, die diese Behandlung rechtfertige, antwortete er, ich sei unprofessionell und unverschämt, um danach aufzulegen.

Die Menschen hier leben in ihrer Vorstellung zum großen Teil noch im Mittelalter. Man schreibt ja auch offiziell das Jahr 1436! Die Mütter sind nur in Ausnahmen gebildet, viele sogar Analphabeten. Die Männer lassen sich zum Beispiel von einer Kollegin oder Schwester nichts sagen.

Es ist schwer, einer Mutter, die nicht lesen und schreiben kann, zu erklären, wie sie statt 0,4 ml eines Medikaments ab heute 0,5 ml geben soll. Diese Probleme können nur mit riesigem Aufwand und intensiver Schulung der Eltern gelöst werden. Die Familien bleiben daher mindestens drei Monate nach der Transplantation im sogenannten „hospital housing", damit wir diese Probleme durch direkten Augenschein erkennen, lösen und verhindern können.

Die uns fremde Mentalität der Menschen hier zeigen die folgenden Begebenheiten. Bei unserer morgendlichen Visite kamen wir in ein Krankenzimmer, in dem eine Mutter mit ihrem leberkranken Kind lag, für das in der Familie leider kein Spender zu finden war. Als wir, meine Koordinatorin und ich, eintraten, nahm die Mutter ihr Mobilphone, wählte eine Nummer und sagte: „Da ist mein Mann dran, er will dich heiraten." Meine Koordinatorin, eine hübsche und kluge Neuseeländerin schluckte und schaute perplex. Die Erklärung für diesen „Heiratsantrag" kam danach: „Wenn du mit ihm verheiratet bist, kannst du für unser Kind doch spenden."

Ein anderer Vater bot mir als eine Spenderin für seine Tochter sein phillipinisches Hausmädchen an.

Bei einer anderen Familie, deren acht Monate alte Tochter intensivpflegepflichtig in der Klinik lag, lehnten beide, Vater und Mutter, eine mögliche Lebendspende ab, weil es ihnen seine Mutter untersagt habe. Bei anderen Familien war es der Imam, der sein Veto für eine Transplantation eingelegt hatte.

Ein Vater, Lehrer seines Zeichens, schaffte es nie, sich rechtzeitig ein Flugticket für den geplanten Wiedervorstellungstermin seiner Tochter zu besorgen. Da ihm die Medikamente auszugehen drohten, verdünnte er kurzentschlossen das lebenswichtige Medikament und kam eine Woche später als geplant zur Kontrolle. Natürlich hatte das Kind eine schwere Anstoßung. Es konnte behandelt werden, aber immerhin. Man sollte vielleicht aber nicht davon ausgehen, dass alle Lehrer in Saudi-Arabien so sind.

Besonders schwer fiel es mir, einer voll verschleierten Mutter mitzuteilen, dass für ihr Kind mit einem malignen Sarkom der Leber, voller Metastasen, leider keine Möglichkeit einer Transplantation mehr bestand. Ohne direkten Augenkontakt ist für uns Europäer ein Gespräch von dieser Tragweite schwer zu ertragen. Ich habe erst viel später gelernt, an der Körpersprache auch unter der Abaya die Reaktionen der Mütter abzulesen.

Wenn man dies erfahren hat und die Berichte über die Zustände in diesem Land liest oder sieht, fragt man sich natürlich, warum man sich das hier antut. Die Antwort ist einfach: Die Kinder und ihre Mütter und Familien leiden genauso wie die in Deutschland. Ohne unsere Hilfe würden die Kinder sterben.

Auch hier haben wir dafür Sorge getragen, dass einheimische Kollegen in die Rolle der Transplantationsmediziner hineinwachsen, Dr. Shagrani und Dr. Al Goufi. Sie tun dies mit großem Erfolg.

In diesem Land ist die Konsanguinität in fast 70% der Ehen ein riesiges Problem. Da diese intrafamiliären Heiraten seit Generationen gepflegt werden, steigt das Risiko für Stoffwechsel- und genetisch bedingte Erkrankungen exponentiell an. Im Gegensatz zur westlichen Welt, wo die oben beschriebene Gallengangsatresie fast 60% der Indikationen zur Lebertransplantation bei Kindern ausmacht, stehen hier Stoffwechsel-erkrankungen an erster Stelle der Indikationen. Von vielen dieser Erkrankungen hat man als Europäer allenfalls im Lehrbuch gelesen, hier sind sie Alltag. Viele dieser Erkrankungen führen zu erheblichen Gehirn-schäden, die hier keine Pflegeeinrichtung auffangen könnte, da es diese Einrichtungen einfach nicht gibt. Die Familien müssen selbst die meist zwei oder drei Kinder pflegen. In der Hoffnung auf ein gesundes Kind werden weitere Kinder in die Welt gesetzt. Eine genetische Beratung ist in den Kinderschuhen oder wird, wo vorhanden, nicht angenommen. Die häusliche Pflege liegt schließlich in den Händen einer Pakistanerin, Inderin oder Philippinerin. Eine rechtzeitige Lebertransplantation könn-te neben der genetischen Beratung helfen, diese pflegerischen und sozi-alen Probleme zu verhindern oder zu mindern. Denn erstaunlicherweise bessern sich viele dieser Transplantierten mit einer gesunden Leber in Bezug auf ihre neurologischen Defekte. Zumindest werden die durch Infekte verursachten Stoffwechsel-Krisen der Kinder deutlich weniger und damit die Erfordernisse einer stationären Behandlung.

Trotz der in der Regel vielköpfigen Familien – durchschnittlich hat eine Saudi-Familie fünf bis sechs Kinder – gibt es immer wieder Situa-tionen, wo man zwar einen bereitwilligen Spender in der Familie hat, nur weist er die falsche Blutgruppe auf. Um diese Kinder nicht zu ver-lieren, haben wir begonnen, nach amerikanischem Vorbild gegen die Blutgruppen zu transplantieren. In der Anfangszeit der Transplantation mit den damals zur Verfügung stehenden Immunsuppressiva war dies absolut kontraindiziert, da die bestehenden Antikörper gegen die eine fremde Blutgruppe aufweisende Leber zu einer nicht beherrschbaren, fulminanten Abstoßung des Transplantats geführt hätten. Mit der heuti-gen Immunsuppression dagegen sieht es anders aus. Die inzwischen 16 ABO-inkompatiblen Transplantationen sind bis heute alle problemlos verlaufen. Vielleicht liegt es unter anderem daran, dass hier eine hohe Übereinstimmung der Oberflächenmerkmale nicht nur in den Familien, sondern auch außerhalb der Familien besteht. Das ist möglicherweise auch der Grund, warum im Kurz- und Langzeitverlauf nach Transplantation die Zahl der Abstoßungen weitaus geringer ist als vergleichsweise in Europa. Es gibt eine Reihe von interessanten wissenschaftlichen Fragestellungen, die nun meine saudischen Kollegen bearbeiten können.

Nun komme ich noch einmal auf den in der Hamburger Zeit erwähnten Patienten zurück. Die Transplantation war schlimmer, als wir befürchtet hatten. Die Kollegen in Hamburg haben den Kopf geschüttelt, wenn wir insgesamt 16 Mal mit ihm wieder in den Operationssaal gefahren sind. Lass den Jungen doch sterben. Nun, als ich meine Arbeit hier in Riad aufnahm, erinnerte ich mich an ihn. Kommt A. M. hier in die Ambulanz? Er musste inzwischen erwachsen sein. Aber natürlich, er kommt regelmäßig. Da man es hier mit dem Datenschutz nicht so genau nimmt, bekam ich seine Telefonnummer. Er freute sich riesig, als er meine Stimme hörte und lud mich sofort in die Familie ein. Ich wurde im großen Mercedes mit Chauffeur abgeholt. Während der Fahrt durch Riad gingen mir die damaligen Vorhaltungen meiner Kollegen vor 14 Jahren durch den Kopf. Und jetzt sitzt der junge Mann neben mir, erzählt von seinem Hobby: Truck-Rennen in Dubai, und davon, dass er in Peking seinen Master in Rechtswissenschaften macht... Kurz bevor wir in den Hof des elterlichen, man muss sagen Palast fahren, meint er zu mir, Doktor, nach Allah kommst du.

Natürlich wurden wir auch in andere „developing"-Länder eingeladen, immer mit dem Wunsch, ihnen „Hightech"-Medizin zu bringen. So wurde ich eines Tages nach Indonesien eingeladen. Anlass war das zehnjährige Bestehen einer von der Ehefrau des damaligen Präsidenten gestifteten Kinderklinik. Ich sollte neben einem Vortrag auch eine Unterrichtsstunde in Endoskopie geben.

Im Rahmen der Vorträge wurden auch Ergebnisse der Neugeborenen-Behandlung vorgestellt. Sie waren mit einer Mortalität von fast 50% erschreckend. Auf die Frage, ob unerkannte Stoffwechselerkrankungen die Ursache sein könnten, wurde dies energisch verneint.

Bei der Führung durch die Klinik wurde ich auch in die Intensivstation geführt. Mit einem Schlag war mir die Ursache der hohen Sterblichkeit klar: In dem tropischen Klima mit hoher Luftfeuchtigkeit pflegte jeder Kollege, bevor er sich an den Inkubator eines Kindes begab, sich die Hände zu waschen. Nur gab es leider für alle nur ein einziges, schon grünlich schimmerndes Handtuch, das lediglich einmal pro Woche gewechselt wurde. Pyoceaneus in Reinkultur. Kein Wunder, dass so viele Kinder starben.

Auf diesem Rundgang wurde ich auch zum CEO (Chief Executive Officer) geführt. Er wollte sich und die Klinik mit Hightech Medizin berühmt machen. Am liebsten mit der Lebertransplantation. Nachdem ich diese Intensivstation gesehen hatte – meine Empfehlung hatte gelautet: Schafft Einmalhandtücher an – war es klar, dass die Lebertransplantation in diesem Umfeld absolut unmöglich war. Mein Vorschlag war stattdessen, die Hepatitis-B-Impfung bei Neugeborenen einzuführen. Die Hepatitis B ist in Indonesien endemisch und fordert jedes Jahr viele Opfer und verursacht riesige Kosten im Gesundheitswesen. Als ich einige Zeit später einen Kollegen aus dieser Klinik wiedertraf, berichtete er mir stolz, dass in seinem Land die Hepatitis-B-Impfung der Neugeborenen eher eingeführt worden war als in Deutschland...

Die Endoskopie-Lehrstunde habe ich auch überstanden. Es wurden mir zahlreiche Kinder gebracht, bei denen Abtragung von Polypen, Varizenverödungen, also interventionelle Eingriffe vorzunehmen waren. Ich hatte natürlich das Problem, die Akten der Kinder nicht lesen zu können, hoffte also, dass die Kollegen schon aufgepasst hatten. Die Untersuchungen wurden den etwa 20 im Nebenraum sitzenden Kollegen per

Video gezeigt. Am nächsten Tag wurde ich zur Belohnung nach Yogyakarta, der alten Hauptstadt Indonesiens, geflogen. Beim Gang durch die Stadt kam plötzlich ein gestikulierendes altes Mütterchen auf den mich begleitenden Kollegen zu. Von dem Redeschwall verstand ich natürlich überhaupt nichts. Sie lachte mir dann zu und machte sich davon. Was sie denn gewollt habe, fragte ich den Kollegen. Ach, sie hat nur gefragt, ob ich der Doktor sei, der gestern in der Tagesschau die Endoskopien vorgenommen hätte...

Rückblick

Nach nunmehr 37 Jahren aktiver Tätigkeit in der Lebertransplantation erlaube ich mir, einen Blick zurück zu werfen. Ich hatte das Glück, zur richtigen Zeit am richtigen Ort zu sein. Nirgendwo waren die Voraussetzungen für die Lebertransplantation in Deutschland so gut wie in Hannover, als ich damals nolens volens in das Transplantationsteam aufgenommen wurde. Das Umfeld in Hannover war zusätzlich optimal für die Ausbildung zum Gastroenterologen, da die Erwachsenen – Gastroenterologie mit Frau Professor E. Schmidt und Professor F. W. Schmidt mich sehr gefördert hat: Als einer der ersten Pädiater in Deutschland habe ich dort das Handwerk der gastrointestinalen Endoskopie und Laparoskopie am Erwachsenen lernen können, um es dann schrittweise in die Pädiatrie einzuführen. Meine Habilitation beschäftigte sich mit der Cholestase, der Abflussstörung der Galle bei den verschiedenen Erkrankungen des Kindesalters, all dies wäre ohne die Förderung in der Kinderklinik durch Professor Wenner, später durch Professor Brodehl, nicht machbar gewesen. Professor Öllerich und ich haben in einem von der DFG geförderten Projekt einen Leberfunktionstest entwickelt und eingesetzt. Die Transplantation der Leber war ebenso wie die der Niere bald ein Aushängeschild nicht nur der Kinderklinik der Medizinischen Hochschule.

In diesem Transplant-Team habe ich nicht nur Kollegen, sondern auch Freunde gefunden, auf die ich mich auch heute wie damals verlassen kann. Im Nachhinein war dieser Teamgeist ausschlaggebend für die heute sichtbaren Fortschritte in der Transplantation: größenreduzierte-, Split-Leber- und Leber-Lebendspende-Transplantation und die Modalitäten der Immunsuppression, die Probleme der operationalen Toleranz nach Transplantation sind Produkte interdisziplinärer Diskussionen, in die ich als Teammitglied eingebunden wurde, egal ob in Hannover, Hamburg, Kiel oder Riad.

Meine Reisen in die Vereinigten Staaten, Europa, Australien und Asien gaben mir und meinen Kollegen Gelegenheit, ein positives Bild von den „Deutschen" abzugeben.

Meine Anwesenheit im Operationssaal während der Transplantation wurde anfangs belächelt, später geschätzt, weil ich Probleme in der Narkoseführung eher erkennen konnte als die mit der Operation mehr als ausgelasteten Chirurgen oder für mögliche spätere Komplikationen chirurgischer Art quasi vorgewarnt war.

Natürlich bleibt die Lebertransplantation bei einem Kind trotz der heutigen Erfolgsraten von über 95 % für das erste Jahr nach der Transplantation ein Ritt über den zugefrorenen Bodensee. Oft habe ich mich gefragt, ob die Entscheidung zur Transplantation gerechtfertigt war, insbesondere dann, wenn Komplikationen das Leben gefährdeten. Mit zunehmender Erfahrung konnte ich diese Momente auf ein erträgliches Maß reduzieren. Diese Erfahrung weiterzuvermitteln und Fehler zu vermeiden war in den letzten Jahren mein Hauptanliegen.

Meine Kinder mussten fast ohne mich groß werden, sie sind trotzdem zu Menschen geworden, auf die ich heute stolz sein kann. Wesentlichen Anteil daran hatte meine leider allzu früh verstorbene Frau. Nach ihrem Tod hatte ich das unglaubliche Glück, nochmals eine wunderbare Frau zu treffen, die mich durch die letzten Jahre begleitet hat.

Ich wünsche mir, für sie, meine Kinder und Enkelkinder mehr Zeit zu haben, als das bisher der Fall war.